Viagem ao Mundo Invisível

CARMEM BRANDÃO

Viagem
ao Mundo
Invisível

MADRAS®

© 2017, Madras Editora Ltda.

Editor:
Wagner Veneziani Costa

Produção e Capa:
Equipe Técnica Madras

Ilustrações:
Márcio A. Bueno de Araujo
e Ronaldo H. Humberto

Revisão:
Arlete Genari
Jaci Albuquerque de Paula

Dados Internacionais de Catalogação na Publicação
(CIP)(Câmara Brasileira do Livro, SP, Brasil)

Brandão, Carmem
Viagem ao mundo invisível/Carmem Brandão; [ilustrações Márcio A. Bueno de Araujo e Ronaldo H. Humberto]. – São Paulo: Madras, 2017.

ISBN: 978-85-370-1094-5

1. Literatura infantojuvenil I. Araujo, Márcio A. Bueno de. II. Humberto, Ronaldo H. III. Título.

17-07439   CDD-028.5

Índices para catálogo sistemático:
1. Literatura infantil 028.5
2. Literatura infantojuvenil 028.5

É proibida a reprodução total ou parcial desta obra, de qualquer forma ou por qualquer meio eletrônico, mecânico, inclusive por meio de processos xerográficos, incluindo ainda o uso da internet, sem a permissão expressa da Madras Editora, na pessoa de seu editor (Lei nº 9.610, de 19/2/1998).

Todos os direitos desta edição reservados pela

MADRAS EDITORA LTDA.
Rua Paulo Gonçalves, 88 – Santana
CEP: 02403-020 – São Paulo/SP
Caixa Postal: 12183 – CEP: 02013-970
Tel.: (11) 2281-5555 – Fax: (11) 2959-3090
www.madras.com.br

Escrevi este livro

pensando muito no Pão Doce,

mas não me esqueci

da Natália.

Índice

Capítulo I	–	A Revista Interessante 9
Capítulo II	–	A Chegada de Pablo 13
Capítulo III	–	Uma Aula de Dimensões 17
Capítulo IV	–	Contatos Imediatos de Terceiro Grau 21
Capítulo V	–	O Vale das Borboletas 27
Capítulo VI	–	O Cruzeiro e a Casa da Pirâmide 31
Capítulo VII	–	O Duende Pedregulho 35
Capítulo VIII	–	O Segredo do Sino da Igreja 39
Capítulo IX	–	A Ponte dos Duendes 43
Capítulo X	–	O Quintal do Seu Pereira 47
Capítulo XI	–	O Bruxo Malvindo 53

Capítulo XII	–	Diogo Planta Árvores 57
Capítulo XIII	–	A Cachoeira Véu de Noiva 59
Capítulo XIV	–	Uma Observação Curiosa 65
Capítulo XV	–	As Preocupações de Diogo 67
Capítulo XVI	–	A Comunidade dos Gnomos 71
Capítulo XVII	–	Um Jantar em Família 77
Capítulo XVIII	–	Os Trabalhos da Noite 81
Capítulo XIX	–	O Fim do Bruxo Malvindo 85
Capítulo XX	–	O Encontro com São Thomé 89
Capítulo XXI	–	A Lembrança do Dever 93

Capítulo I

A Revista Interessante

    Diogo era um menino de 11 anos, alegre, com cara de sapeca, muito levado da breca e olhos puros com a ingenuidade que só uma criança possui.

Ele tinha a vida muito tranquila, e seus hábitos eram ler e ficar de papo pro ar. Se não estava lendo algum livro ou revista, estava deitadão em seu quarto com os olhos voltados para a janela, pensando e sonhando.

Certo dia, sua mãe, como de costume, bateu na porta de seu quarto.

– Entra, mãe!

– Passei no jornaleiro e achei estas aqui muito interessantes – disse a mãe colocando as revistas num cesto do quarto.

– Obrigado, mãe! – agradeceu o menino, deitado em sua cama com um livro na mão.

Levantou-se e foi ver as revistas. Dentre os títulos e figuras, escolheu uma que lhe despertou grande interesse.

A revista informava sobre uma cidade cheia de pedras. Mostrava suas ruas, suas casas, todas feitas das mesmas pedras; lendas e histórias fabulosas, como o encontro das bruxas naquela cidade no dia das bruxas, o observatório feito com pedras, parecendo a casa dos Flintstones, próprio para se estudar estrelas e aguardar a chegada de extraterrestres; casas pequeninas, cujos moradores não deviam passar de duendes ou anões.

"São Thomé das Letras"! – exclamou para si mesmo.

"Por que será que essa cidade se chama São Thomé das Letras, e não São Thomé das Pedras, São Thomé das Energias..." – pensava.

Continuou observando as fotos das paisagens. Aquelas figuras de muitos horizontes e cachoeiras nas páginas da revista não lhe saíram mais da mente durante o dia.

Capítulo II

A Chegada de Pablo

Chegando a noite, Diogo deu mais uma olhada na revista e a deixou aberta em sua escrivaninha. Deixou a janela aberta também e dormiu com o frescor da brisa noturna.

Diogo começou a sonhar. Sonhou com um impressor de jornais, imprimindo um jornal atrás do outro com as letras: São Thomé das Letras, São Thomé das Letras, São Thomé das Letras; e foi ficando nervoso de tanto ver aquelas letras repetidas.

E pensava: "Por que Letras? Por que Letras?".

Até que um gnominho criança, muito bonitinho, desligou a máquina de imprimir jornais.

– Puxa! – suspirou Diogo aliviado. – Muito obrigado. Ia acabar tendo um pesadelo com tantas letras.

E surpreso com a presença do gnominho, interrogou:

– De onde você veio?

– Da minha casa – declarou o gnomo ajustando o chapéu vermelho.

– E onde é a sua casa?

– Fica em São Thomé das Letras. Veja em cima de sua escrivaninha. Você deixou a página da minha casa aberta e eu resolvi dar um passeio à noitinha. Quando saí, estava em seu quarto. Não quis atrapalhar seu sono, mas quando vi que estava em apuros, achei melhor ajudá-lo.

O garoto voltou-se para a página aberta da revista. O gnominho pulou em cima da escrivaninha e sentou-se numa das pontas da página, apontando com o dedo.

– Veja bem onde moro. Vê este cupim na montanha?

– Sim.

– Pois é, deu o que fazer pra desocupar a casa. Fazer negócio com cupim não é fácil. Eles são uns exploradores.

– Por que você mora num cupinzeiro? – quis saber o menino, imaginando como deveria ser a casa dele por dentro.

– Porque acho quieto e aconchegante. Num cupinzeiro, ninguém amola a gente. De vez em quando, alguém passa e senta em cima pra tirar areia do sapato, mas logo vai embora.

– Qual é o seu nome?

– Pablo. Chamam-me Pablo porque eu sou pequenino. Tenho um apelido, pode me chamar de Pão Doce se quiser.

– Sua cidade é tão bonita... Por que ela tem esse nome, São Thomé das Letras?

– Bem... – respondeu o gnomo meio sem saber, coçando a cabeça e fazendo um biquinho. – A cidade recebeu o nome de São Thomé porque, segundo a lenda, um escravo fugitivo encontrou misteriosamente uma imagem de São Thomé dentro da gruta onde se escondia. A partir daí, passou a ser protegido pelo santo. No futuro, essa imagem representou São Thomé por muitos anos na Igreja Matriz da cidade, mas, infelizmente, alguém a tirou de lá. Agora, essas letras aí, eu não sei de onde saíram não.

– Agora fiquei mais curioso – retrucou o menino insatisfeito com a resposta.

– Vamos lá descobrir? Não precisa ficar preocupado com a condução. Eu sou sua condução de ida e volta – anunciou Pablo, procurando animar Diogo.

– Como assim?

– Levo você através de um desdobramento mágico.

– Ainda não entendi.

– Transporto você com a energia de minhas mãos. Posso torná-lo duplo. Um de você fica em seu quarto dormindo, enquanto o outro de você viaja comigo, topa?

– Topo sim. O que devo fazer? – Diogo quis saber, com os olhos brilhando, cheios de imaginação.

– Deite-se e feche os olhos.

Diogo deitou-se e Pablo continuou:

– Agora respire fundo e... Viu como é fácil?

– Oba! Vai ser super legal! E agora?

– Olhe para a página da revista. É por ela que entraremos em São Thomé das Letras. Olhe! As coisas estão começando a se movimentar!

Capítulo III

Uma Aula de Dimensões

Entraram na cidade pela revista, e Diogo ficou extasiado ao caminhar pelas ruas calçadas de pedras. Via aquelas casas de pedras, pareciam feitas à mão, bem primitivas, formando uma atraente construção.

Algumas casas eram tão pequeninas, que era inacreditável imaginar que alguém de tamanho normal pudesse morar ali.

Diogo não parava de observar aquele gnominho esperto, com o andar "dez para as duas", como no ponteiro do relógio, que, de vez em quando, acomodava o cinto da calça que lhe apertava a barriga. Às vezes, ele olhava para Diogo e repuxava o nariz numa caretinha com a boca cerrada, para esconder as janelinhas dos dentes que estava trocando.

O derredor da cidade era deslumbrante e, como a cidade era num topo alto de montanha, permitia lindas visões do horizonte; e, por haver muitas pedras no terreno, atraía um magnetismo diferente, que tornava o ar misterioso.

Diogo avistou um campo de futebol que ficava nas proximidades da cidade.

– Olha só, um campinho! Vamos até lá pra ver o jogo! – disse correndo para chegar logo.

Pablo tentou correr para alcançar Diogo, mas suas pernas não conseguiram acompanhar os passos do menino e achou melhor ir volitando mesmo.

A criançada esperta estava lá, num jogo corrido, cheios de fôlego, correndo atrás da bola.

De repente, o pequeno juiz apita um pênalti, e o time sem camisa reclama:

– Tá roubando pro time com camisa!

– Tô roubando nada. Não viram que o Luizinho empurrou o Marcelo antes do chute! – defendeu-se o juiz.

Todos se prepararam para assistir ao esperado gol.

Fernando chuta a bola pra fora e o time sem camisa vaia:

– Huuuu! Pé torto!

Diogo e Pablo aproximaram-se e sentaram-se na várzea para assistirem ao jogo com conforto.

– Tô com vontade de jogar bola! – disse o garoto analisando uma possibilidade de entrar em campo.

– Agora você não pode.

– Por que não?

– Há um segredo sobre o qual tenho de lhe esclarecer. Esta é uma cidade de muitas dimensões.

– Dimensões!?... Ainda não entendi!

– Isso significa que temos muitas etapas e formas de vida, ou melhor, os seres desdobrados assim como você, que foi convidado por mim para vir até aqui, e os não desdobrados. Estes nem sabem que cá estamos.

– Quer dizer que estes meninos que estão jogando não podem nos ver?

– Exatamente – afirmou o gnominho. – Mas se você observar bem, no outro lado do campo, há dois meninos desdobrados que podem ver você e eu. Devem ter vindo parar aqui por intermédio de algum duende ou de alguma fada.

– Como consegue diferenciá-los dos outros?

– Basta prestar bem atenção. Em cada gesto, nota-se um rastro de imagens que ficam após cada movimento.

– Hummm! Agora que firmei a vista, posso entender a diferença.

Capítulo IV

Contatos Imediatos de Terceiro Grau

O garoto quis saber sobre aquele voo do gnomo.

– Pablo, como foi que você conseguiu voar?

– Os gnomos geralmente não voam nem volitam. Acontece que, em certo dia, quando eu estava ao lado de um velhinho não desdobrado, que escutava um rádio, percebi a interferência de sintonia nas ondas sonoras.

– E depois?

– Um barulho ocorreu vindo de uns 30 metros de distância.

– O velhinho ouviu?

– Não, só eu que ouvi. O velhinho ficou tranquilo e despreocupado, ouvindo aquela música mal sintonizada.

– E o que era o barulho?

– Eram discos voadores.

– Discos voadores? Eles aparecem nesta dimensão?

– Nem sempre, mas dessa vez eles entraram na nossa quarta dimensão.

– Quarta dimensão?

– Sim. Nós gnomos, duendes e fadas vivemos na quarta dimensão – completou o gnomo esticando seus suspensórios da calça marrom.

– E a gente pensa que conhece a natureza... O que mais aconteceu?

– Bem, como ia dizendo, corri para me aproximar do evento barulhento. Contudo, os extraterrestres perceberam a lentidão dos meus passos; afinal, um gnomo adulto mede 15 centímetros sem o chapéu e sou ainda um gnomo criança.

– Quantos anos você tem?

– Oitenta anos. Vivemos aproximadamente 400 anos.

– Puxa! Como você é velho!

– Velho é a sua avó – retrucou empirraçado.

– Minha avó não tem 80 anos – retornou o menino, dando risadas para provocá-lo ainda mais.

– Não tem problema, um dia você descobrirá a sua verdadeira idade e não vai mais rir de mim.

Diogo ficou pensando naquilo, e mais uma vez ficou sem entender. No fundo sabia que o gnomo tinha muita coisa para ensiná-lo.

– Foram os extraterrestres que lhe ensinaram a voar? – interrogou Diogo, voltando ao assunto.

– Sim. Sem perceber eu estava volitando em direção a eles.

– Você não ficou assustado?

– Morri de medo quando vi aquele luzão perto de mim. Mas eles não tinham cara de maus, não. Percebi no olhar deles que não me queriam mal.

– Quem dera um dia eu puder ter um contato desses. Contato imediato de terceiro grau.

– Pode acontecer com você também. Tudo pode acontecer na vida da gente.

– E aí, continue!

– Ah, como foi bacana! Eles riam de mim. Tinham umas mãos grandes... Um deles estendeu a mão para eu subir. Subi e fiquei em sua palma.

– E o que ele fez?

– Riu feito criança, como se estivesse carregando um bonequinho. Fez-me cócegas com o dedo e eu dobrei de rir. Depois me levou pra dentro da nave e me colocou em cima de um aparelho cheio de teclas.

– Nossa! Deve ter sido superlegal!

– Se foi... Interessante foi quando ele ligou uma tela e vi o universo mais de perto. Uma imensidão de estrelas! Ele pegou um aparelho pequeno em sua mão, apertou um botão e começou a falar uma língua esquisita que não entendi nada.

– O que será que ele falava?

– Acho que falava de mim, pois me olhava e fazia comentários com o aparelho, dando risadas. Assim que desligou, começou a conversar comigo, falando a nossa língua. Ele disse: "Posso ensiná-lo a voar como esta nave, quer?". "Claro que quero", respondi. "Vou gostar muito de aprender a voar!"

– Será que também posso aprender? – perguntou Diogo, cheio de esperança.

– Posso tentar. Olha, primeiro vamos fazer um teste de peso.

– O que o peso tem com isso?

– A força da gravidade atrai a massa dos corpos. Se você subir num morro e jogar duas pedras, uma grande e outra pequena, elas cairão no chão ao mesmo tempo, independente do tamanho de cada uma delas.

– Então a força da gravidade atrai nós dois do mesmo modo?

– Corretamente. No entanto, lembre-se de que estamos na quarta dimensão, por isso somos mais leves, e cada um de nós terá a possibilidade de ficar mais leve, dependendo de nosso estado de alma. Experimente dar um salto bem alto.

Diogo pulou, mas seu salto não passou de meio metro.

– Não desanime, Diogo. No começo é assim mesmo. Com o tempo a vida nos ensina a ficar mais leves. Mas vá tentando assim mesmo.

Capítulo V

O Vale das Borboletas

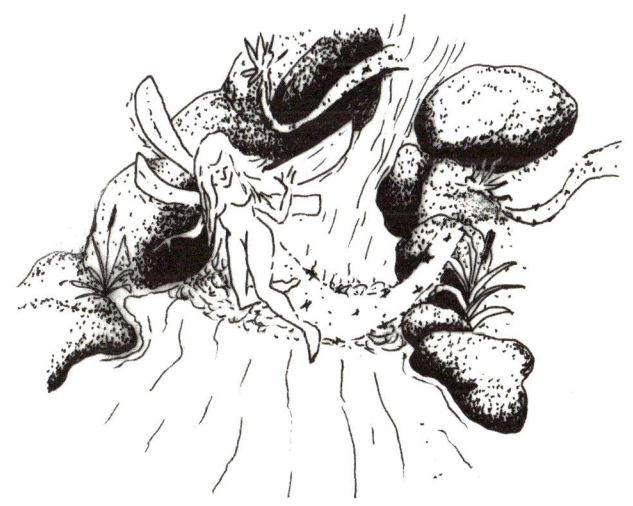

– Diogo, vamos ao Vale das Borboletas? – assuntou o gnomo, pensando em passear.

– E o que tem lá?

– Ah! Tem uma piscina natural e uma queda d' água onde você pode tomar uma ducha.

– Oba! Vamos lá!

Chegando ao Vale das Borboletas, Diogo ficou encantado ao ver as borboletas que lá existiam. Imaginava que fossem como ele sempre vira; contudo, teve uma grande surpresa. As borboletas eram fadinhas. Lindas meninas cujo único traje era suas asas azul-celeste, que voavam com tanto prazer, gostando de toda aquela liberdade.

O menino nadou como nunca, mergulhou, viu peixinhos lindos como os do aquário que existia em seu quarto.

Jogou-se embaixo da água que caía. As fadinhas cercaram-no em risadas, querendo brincar, e ele correspondia, lançando-lhes pingos d'água para vê-las voar.

Algumas horas se passaram e, quando menos se esperava, algo desagradável aconteceu. Um rapaz não desdobrado chegou e atirou uma garrafa de cerveja que acertou a doce fada Maíra, que tranquila estava deitada em uma pedra. A garrafa espatifou-se e cortou a fada em muitos lugares.

– Não faça isso! – gritou Diogo furioso.

– Não adianta! – disse Pablo. – Ele não pode nos ver nem pode nos ouvir. Vamos socorrer a fada!

A essa altura, todas as outras fadas haviam se escondido.

Pablo e Diogo carregaram-na até o bosque.

– Vá procurar chumaços de algodão! – ordenou Pablo enquanto examinava o estado dela.

Diogo correu para a mata e encontrou alguns pés de algodão.

– Trouxe estes. Acho que é o bastante.

Pablo sabia muito bem cuidar de fadas em caso de acidentes que não eram tão incomuns. Colheu algumas ervas nas proximidades, arregaçou as mangas da blusinha azul, com as mãos mágicas extraiu o sumo das ervas sobre o algodão e colocou-os sobre os ferimentos da fada.

Maíra olhava para Pablo sem dizer nada. Seu olhar infantil já lhe agradecia com tamanha pureza os cuidados que ele estava tendo com ela. Não demorou muito, ela pôde voar e foi ao encontro das outras fadas.

– Puxa vida! Fiquei chateado com o que aconteceu! – comentou Diogo. – Infelizmente aquele rapaz não teve a menor sensibilidade para perceber o mal que causou.

– É... Isso acontece sempre – lamentou o gnominho.

Capítulo VI

O Cruzeiro e a Casa da Pirâmide

Diogo e Pablo foram ao centro da cidade. Passaram pela praça da igreja e avistaram uma cruz no pico de um morro de pedras.

– Vamos àquele cruzciro? – sugeriu Diogo.

– Vamos sim, mas para isso teremos de escalar aquelas rochas – concordou Pablo todo animado.

Quando chegaram ao término da escalada, o garoto ficou apaixonado com a vista do lugar.

– Acho que é aqui o lugar mais alto da cidade – disse ele.

– E deve ser por isso que as pessoas colocaram esse cruzeiro: pra lembrar daquele homem superior que passou na Terra.

– Dá vontade de saltar numa asa-delta.

– Por falar em asa-delta, acho que vou dar uma voadinha...

Pablo abriu os braços num pequeno voo por cima das árvores que de lá de cima eram avistadas.

Quando o gnomo pousou, Diogo aclamou e em seguida expressou:

– Ai, meu Deus, quando será que vou poder voar assim?

– Você já sabe o caminho. Sua vez chegará – disse o gnomo com os olhos voltados para o horizonte.

Depois, Pablo olhou para o lado e apontou:

– Veja deste lado, lá está a Casa da Pirâmide!

Caminharam do Cruzeiro à Casa da Pirâmide. O caminho era cheio das pedras que receberam o nome de Pedras São Thomé.

– Como é a Casa da Pirâmide? – perguntou Diogo, enquanto caminhavam.

– A Casa da Pirâmide é muito interessante. Foi feita em cima de rochas, e suas paredes foram construídas manualmente de pedras sobre pedras. Observe que o teto tem forma de pirâmide.

– Essa cidade lembra Machu Picchu, no Peru... Tem um ar diferente...

– Pois temos uma passagem intraterrestre que dizem que chega a Machu Picchu. Chamam essa passagem de Gruta Carimbado, cheia de labirintos inexplorados. Falam que o Carimbado é a porta de entrada para uma civilização intraterrestre. Dizem que é onde vivem os moradores da Atlântida.

– Você acredita nisso?

– É claro que acredito. Já vi discos voadores saindo da porta de entrada dessa gruta. Fora os barulhos que a gente ouve vindo do fundo do solo.

Capítulo VII

O Duende Pedregulho

Estando próximos à Casa da Pirâmide, encontraram-se com o seu Pedregulho.

Seu Pedregulho era um duende das rochas, adulto, muito gordo e preguiçoso.

— Bom dia, seu Pedregulho, como tem passado? – cumprimentou o gnomo.

— Bom dia, Pão Doce! – respondeu seu Pedregulho, abrindo a boca de sono. – Ah, que sono! Há dias que estou deitado nesta pedra sem sair do lugar. Acho que é por isso que estou cada dia mais gordo.

Diogo ficou observando aquele duende. Tinha o corpo em forma de pedras; as mãos e os dedos pareciam ser feitos de diversos dados de pedras.

– Desculpe perguntar, mas que forma de vida é esta que surge assim das pedras? – indagou o menino ao duende.

– Sou um duende das rochas. Uma forma elemental de vida extraída dos minerais que formam a crosta terrestre.

– O que é uma forma elemental?

– Os elementais possuem um corpo astral e têm a função de proteger os elementos do nosso planeta... Esses elementos são a água, a terra, o fogo e o ar.

– Todos são inteligentes?

– Somos muito sensíveis, porém o nosso grau de inteligência, poder e incluindo fisionomia variam. Há elementais bonitos, outros feios, bons e maus; alguns são menos dotados de inteligência e outros profundamente sábios.

– Eu sou um elemental – anunciou Pablo. – Os duendes e gnomos são elementais da terra, por isso amo e protejo a natureza no meu dia a dia.

Subitamente, os três escutaram passos, olharam e viram uma turma de rapazes e moças. Estes davam altas gargalhadas e parecia que estavam bêbados ou drogados. Eram pessoas não desdobradas que, ao passarem pelos três, um deles resolveu dar um chute na pedra onde se encontrava seu Pedregulho. A pedra rolou morro abaixo.

– Ai, meu Deus do Céu! – gemia seu Pedregulho enquanto rolava. – Vou virar cascalho.

Pablo voou rapidamente e conseguiu amenizar aquele tombo.

Diogo desceu o morro na intenção de ajudar seu Pedregulho. Pegou-o nos braços e ajeitou-o num canto seguro.

– Essas pessoas são cegas, hein? – gritou Diogo indignado. – Não imaginam em suas cabeças que o mundo não é feito apenas da matéria que se pode ver?

Pablo, como sempre, providenciou os primeiros socorros.

Diogo ficou curioso ao ver o gnominho manuseando aquelas ervas, e falou:

– É a segunda vez que vejo você formulando remédios com ervas. Na primeira vez você curou facilmente a fada, e agora vejo você preparando remédio para seu Pedregulho. Como os fabrica?

– À base de ervas especiais. Para curar a fada, usei o sumo de barbatimão, e para curar seu Pedregulho, vou usar uma propriedade retirada da babosa.

Pablo voltou-se para seu Pedregulho e disse:

– Fique tranquilo, seu Pedregulho, que já, já, o senhor vai ficar bom.

O gnomo medicou o duende, que logo se acalmou, dizendo:

– Ah, que bom, minha dor está passando!

Novamente seu Pedregulho falou abrindo a boca com as pálpebras caídas:

– Estou ficando com sono. Acho que vou tirar uma soneca.

Encostou-se num montinho de pedras e começou a dormir.

– Agora ele dorme pra valer – disse Pablo. – Só volta do sono amanhã, depois do meio-dia.

Capítulo VIII

O Segredo do Sino da Igreja

Diogo e Pablo voltaram para o centro da cidade depois do passeio do Cruzeiro à Casa da Pirâmide.

Ao chegarem à praça da Igreja Matriz, viram um artesão estendendo um feltro e colocando nele diversos objetos, inclusive várias casinhas artesanais feitas com pedras São Thomé.

Diogo percebeu ao olhar dentro de uma delas que havia um gnomo em miniatura, varrendo a casa toda por dentro.

– Como o gnomo conseguiu ficar daquele tamanho e entrar na casinha? – indagou o menino a Pablo.

– Ele tomou algumas pílulas de encolhimento. Hoje em dia está uma febre esse negócio de gnomo entrar nas casinhas para partir com os turistas.

– Por que eles querem partir com os turistas?

– Por causa do sonho de conhecer o mundo. Cada casinha dessas que um turista compra, leva sem poder ver um gnominho dentro. E como essas casinhas são muito vendidas, as cidades estão ficando cheias de gnomos. Os gnomos ajudam as pessoas que os levam. Quem tem um gnomo em casa tem muita sorte.

Diogo olhou para a igreja e observou algo interessante.

– Pablo, está vendo uma torre diferente no topo da igreja?

– Sim.

– E o que é aquilo?

– É uma torre dimensional, feita pelos extraterrestres. Aquele sino só deve ser tocado em caso de emergência.

– Caso de emergência?

– No caso de algum terremoto ou furacão por exemplo. É só tocar o sino que os extraterrestres comparecem para salvar a humanidade.

– E como você sabe disso?

– Eu guardo esse segredo junto com os extraterrestres. Fizemos um pacto. Está vendo aquela corda do sino lá em cima?

– Sim, estou.

– Foi pra isso que eles me ensinaram a voar. Quando for necessário, eu voo até à corda e a puxo. Então o sino toca e os extraterrestres comparecem para nos ajudar, mas ainda não foi necessário, não.

– Ainda bem – disse o menino.

Capítulo IX

A Ponte dos Duendes

– Diogo, vamos ao bosque onde vivem os meus pais?

– Você quer visitá-los?

– Sim, há dias que não os vejo.

– É longe o caminho?

– Um pouco. Temos de atravessar alguns lugares.

Os dois saíram da cidade e entraram numa estrada de terra que dava acesso a uma floresta.

– Vou tentar saltar pra testar o meu peso de alma – disse Diogo.

Ele começou a pular.

– Veja! – incentivou Pablo. – Está melhorando! Cada salto seu já tem mais de um metro de altura!

– Não vejo a hora de começar a voar! – exclamou Diogo, procurando ser melhor em cada salto.

Caminharam alguns quilômetros e começaram a ouvir um barulho de água caindo.

– Que barulho é esse? – perguntou o menino.

– É o som das águas da Cachoeira Eubiose.

Ao se aproximarem da cascata, o garoto admirou-se logo à primeira vista.

– É uma cachoeira muito aconchegante. Dá até vontade de nadar.

– Outra hora você nada, Diogo. Já está entardecendo e quero passar a noite no quintal do seu Pereira.

– Desse você ainda não me falou.

– É um cara legal. Você vai gostar dele. Agora teremos de subir naquele jacarandá para pegar a ponte dos duendes e atravessá-la até o quintal do seu Pereira.

– Ponte dos duendes?

– Sim, os duendes das árvores fizeram uma ponte para facilitar a passagem deste lugar.

Subiram no pé de jacarandá e logo se encontraram na ponte. Era uma ponte feita de cipó nos corrimões e com assoalhos de tábua. Ela passava por cima da cachoeira.

Diogo avistava os turistas que lá embaixo se banhavam e comentou:

– Esse pessoal nem imagina que cá estamos. Quem pode dizer que aqui em cima há uma ponte de quarta dimensão fabricada por duendes?

Enquanto atravessavam a ponte, Pablo passou a caminhar sobre os corrimões de cipó. Diogo estendeu-lhe o braço para que subisse em seu ombro. E assim Pablo o fez. Ficou sentado no ombro do menino olhando-o com seus olhos azuis.

– Assim você fica bem pertinho de mim, meu amigo. – disse Diogo ao olhar para Pablo.

O gnominho sorriu. Desta vez tampou as janelas dos dentes com a língua, e lindas covinhas apontaram-lhe no rosto, mostrando sua satisfação e expressão da amizade.

Um duende das árvores atravessava a ponte e, passando pelos dois, cumprimentou:

– Boa tarde, Pão Doce, como tem passado?

– Bem, obrigado. Como vai a família e como está sua mulher, a dona Oliveira?

– Com saúde, graças a Deus.

– Este é o meu amigo Diogo – disse Pablo, apresentando o menino ao duende.

– Muito prazer – disse o duende estendendo as mãos tais quais ramos de árvores. – Meu nome é Nogueira.

Diogo apertou as mãos do duende, apresentando-se com satisfação. Uma folha ficou nas mãos do menino que, surpreso, disse a ele:

– Ficou uma folha sua em minhas mãos.

– Não tem problema, depois nasce outra. Fique com esta para lhe dar sorte – falou o educado duende.

– Diogo guardou a folha no bolso de seu pijama estampado com pássaros.

As roupas dos duendes pareciam cascas de árvores, e seus membros imitavam galhos. Este se despediu e continuou percorrendo a ponte.

– Puxa! Esse cara tem cara de árvore – comentou o menino.

– Ele também é um elemental. Você conhecerá outros desses.

Capítulo X

O Quintal do Seu Pereira

   Terminada a ponte, chegaram a um quintal diversificado. Inúmeras e variadas árvores encontravam-se naquele local.

Logo veio o seu Pereira, um duende da mesma linha do seu Nogueira.

Aproximou-se de Pablo e educadamente disse:

– Boa tarde, Pão doce, há muito que não o vejo!

– Ando meio sumido mesmo, mas quem é vivo sempre aparece. Este é o meu amigo Diogo. Trouxe ele pra conhecer vocês.

– Ah! Muito prazer, Diogo! – disse seu Pereira apertando as mãos do menino e com ar de felicitação. – Venha conhecer os nossos amigos!

O quintal estava varrido e o menino viu dona Laranjeira com uma vassoura, terminando seu trabalho diário.

– Laranjeira! – chamou seu Pereira. – Venha conhecer um novo amigo!

Dona Laranjeira encostou a vassoura atrás de uma árvore, ajeitou os cabelos floridos e, com um sorriso, veio a Diogo e Pablo, que permanecia no ombro do menino. O perfume dela espalhava-se pelo ar.

– Diogo, esta aqui é a minha mulher, Laranjeira.

– Muito prazer! Sou amigo do Pablo, que me trouxe até aqui.

– O Pablo eu já conheço – disse ela. – Como tem passado, Pão Doce?

– Bem, obrigado.

– E sua mãe, como está? – continuou ela.

– Deve estar bem, mas há dias que não a vejo.

– Você é um menino muito distraído, Pão Doce. Sua mãe vive reclamando por aí que você some e fica dias sem aparecer, deixando-a com saudades –, retrucou dona Laranjeira, movimentando o dedo indicador, que era como um pequeno galho.

– É que eu sou um sonhador, dona Laranjeira, e a vida consome o meu tempo em toda a sua beleza. Mas, fora isso, a minha mãe sabe, bem no fundinho, que estou feliz e que estou bem.

– Você é um menino muito bonito – disse ela a Diogo. – Com esses cabelos pretos e lisos, lembra-me um garoto que por aqui esteve e plantou muitas árvores.

– Muito obrigado, dona Laranjeira. Gostaria de ser como esse garoto. No tempo em que estiver aqui, pretendo plantar muitas árvores também.

– Lá na minha árvore, tenho inúmeras sementes que recolho enquanto varro o quintal. Quando quiser algumas, é só me procurar.

– Irei com muito prazer.

– Até mais tarde, crianças. Está na hora de eu me aguar – disse dona Laranjeira, dando um tchauzinho.

– Venha, venha conhecer o Parreira! – continuou seu Pereira.

E falando sobre o novo amigo, explicou:

– Seu Parreira nasceu de um pé de uvas, ou seja, de uma parreira mesmo. Nós somos assim, frutos do amor entre as flores, e cada semente que brota nasce um de nós, e então somos moradores das árvores e responsáveis por elas.

Seu Parreira estava deitado entre folhas.

– Acho que ele agora está tirando um cochilo. Não tem problema, não. Mais tarde você fica conhecendo ele.

Seu Pereira aproveitou para pegar alguns cachos de uvas e entregou-os a Diogo e Pablo, dizendo:

– Estas são para vocês. Temos muitas frutas em nosso quintal. Fiquem à vontade e peguem quantas quiserem.

Diogo e Pablo estouraram as uvas na boca achando-as uma delícia.

– Venham! – prosseguiu seu Pereira, coçando o cabinho de sua orelha em forma de pera. – Vou ver se lhes apresento o seu Silveira.

Num monte de silvas, encontrava-se o seu Silveira, sentado, junto a sua mulher, dona Cerejeira, discutindo sobre a educação dos filhos.

– Boa tarde! – disse seu Pereira ao casal.

– Boa tarde! – responderam juntos.

– Vim lhes apresentar um novo amigo. Este menino é o Diogo, e seu companheiro vocês já conhecem.

– Como vão vocês? – perguntaram levantando-se.

– Estamos bem e felizes por conhecer vocês – disse o menino educado.

E passaram horas, num monte de silvas, conversando.

A noite foi chegando e, como de costume, os duendes desciam das suas árvores e acomodavam-se num grande grupo sobre a relva.

Alguns deles levavam instrumentos como violão, gaita e flauta.

Nem todas as crianças compareciam, pois as mais rebeldes gostavam de ir à casa das pessoas para fazerem travessuras junto com outros duendes da redondeza. Divertiam-se, escondendo as coisas das pessoas, que não podiam vê-los, e davam risadas, vendo os nervos delas enquanto as procuravam. Que brincadeira de mau gosto! Depois gostavam de ir à Ladeira do Amendoim, onde os carros, colocados em ponto morto, com o motor desligado, sobem sozinhos. As pessoas pensam que é magnetismo, mas não sabem que é brincadeira dos duendes travessos.

Já os mais educados gostavam de participar das cantigas ao luar com os adultos e aproveitavam-se para brincar de pique ou de roda.

E com a noite veio uma linda lua cheia.

"Não há, oh gente, oh não,

Luar como este do sertão..."

Assim cantava o seu Cedro, seresteiro, com seu violão.

Capítulo XI

O Bruxo Malvindo

Durante a noite, depois que todos foram dormir, Diogo e Pablo escolheram uma moita sobre a relva, para tirar um sono.

Tudo estava tranquilo e calmo quando, de repente, um estrondo vindo do fundo do solo abalou a terra e acordou a todos.

Os moradores da floresta ficaram agitados e as crianças abraçavam-se às mãezinhas, tremendo de medo.

Seu Pereira veio aos dois, com os olhos arregalados, dizendo:

– Preparem-se! É o grito do bruxo Malvindo, vindo da Caverna da Bruxa. Alguma ele está aprontando. Vamos reunir um grupo para ir sondar o que está acontecendo!

Em instantes, estavam todos reunidos. Seu Pereira, seu Parreira, seu Silveira, seu Cedro, Diogo e Pablo foram para a estrada a caminho da caverna.

No meio do caminho, viram vários índios Cataguases, correndo de lá pra cá. Os Cataguases foram uma civilização que viveu nas terras de São Thomé das Letras, mas como sempre acontece com os índios, desapareceram da Terra. Estes foram para a dimensão do Mundo Invisível. Os índios se uniram aos elementais e ajudavam a proteger a natureza. Quando o índio Tatamirim passou, seu Pereira perguntou:

– O que está havendo?

– Uma leva de bruxos malvados invadiu as estradas. Estão retirando as placas de indicação para a cidade. Não querem que ninguém entre nela, porém estamos providenciando para retorná-las aos seus lugares. O bruxo Malvindo quer a cidade vazia pra praticar mais uma das suas.

Chegaram à Caverna da Bruxa. Pé ante pé, entraram sem fazer barulho e ficaram observando lá de cima.

Diogo viu um bruxo enorme, com capa preta e uma cabeleira toda arrepiada. Dos seus olhos saíam faíscas vermelhas.

No centro da caverna escura, um caldeirão fervilhava e o bruxo rosnava, dando chicotadas em muitas salamandras, que são elementais do fogo, muito parecidas com o lagarto. O bruxo escravizara as salamandras, pois são muito resistentes ao fogo.

– Ruuuuuuuuuuuu! – rosnava ele ordenando. – Queimem tudo o que está no caldeirão! Quero ver a água pelando de fogo!

E jogava substâncias, como dente de cobra, rabo de lagartixa, xixi de sapo, nariz de morcego, cheiro de gambá, dentro daquele panelão.

Pablo, vendo a dificuldade que o bruxo tinha para andar, cochichou ao ouvido de Diogo:

– Está vendo como ele é pesado?

– Sim, estou.

– Pois ele vive na quinta dimensão abaixo de zero. É o chefe dos bruxos malvados. Seu peso de alma é tão grande que ele mal sai do lugar. Nem consegue sair da caverna para ver a luz do sol.

– Vamos embora, antes que os outros bruxos voltem – disse seu baixinho Pereira.

Imediatamente saíram da caverna e caminharam de volta ao quintal.

– Afinal, o que aquele bruxão estava querendo? – indagou o menino.

– Não sabemos ainda. Apenas vimos que ele aprisionou salamandras e está com grande poder sobre elas. Boa coisa não vem por aí – respondeu seu Pereira.

A noite passou. Tudo parecia calmo.

Capítulo XII

Diogo Planta Árvores

No dia seguinte, Diogo procurou dona Laranjeira para adquirir algumas sementes.

– Vou plantar árvores hoje – disse ele.

Ela encheu-lhe as mãos de sementes e disse:

– Vá, menino bom, e ajude a encher este planeta de árvores! Aproveite o solo rico de nosso país!

Diogo pegou uma enxada com dona Laranjeira, fez várias covas no solo do quintal e colocou uma semente em cada uma delas. Depois, cobriu-as com terra e providenciou um balde d'água para aguá-las.

Enquanto as aguava, começou a ouvir barulho de serra. Uma grande árvore distante caiu.

– Ai, meu Deus! – lamentou dona Laranjeira. – Lá vêm os lenhadores.

– O que acontece com os duendes das árvores que caem? – indagou o menino à dona Laranjeira.

– São amparados por outros duendes. Não raro você vê mais de um duende em cada árvore. Mas, ainda bem que existem pessoas como você. Plantado árvores repara-se o mal que os outros fazem. Hoje o dia vai ser longo... Podemos nos preparar para amparar famílias que de lá virão – disse dona Laranjeira, olhando tristemente para o local de onde a árvore caiu.

O gnomo se aproximou do menino e disse:

– Plantado árvores desse jeito, você ficará levinho logo, logo.

– Você acha mesmo?

– Sim. Quanto mais coisas boas a gente faz, mais leves de alma ficamos.

– Vamos fazer novo teste de peso?

– Upa, upa! Pode começar a pular! – falou o gnomo, fazendo gestos com as mãos de baixo para cima.

Diogo deu três pulos altos, de quase três metros de altura.

– Viu como está melhorando?! – exclamou o gnomo, estimulando Diogo. – Continue assim que você vai longe!

O menino gargalhou satisfeito.

Capítulo XIII

A Cachoeira Véu de Noiva

Chegou a tarde.

Pablo se aproximou de Diogo, dizendo:

– Está na hora de irmos, meu amigo. Temos uma boa caminhada pela frente.

Despediram-se dos duendes.

– Dê lembranças a sua mãe – disse dona Laranjeira a Pablo.

– Fique tranquila que darei.

– Voltem quando puderem – disse seu Pereira, dando-lhes adeus.

– Voltaremos sim, se Deus quiser! Tchau! – responderam, dando passos em direção à estrada.

– Agora faltam alguns quilômetros para passarmos pela cachoeira Véu de Noiva – disse Pablo, voando para o ombro de Diogo.

– Que perfume gostoso tem esta estrada! Tem cheiro de eucalipto! – observou o menino.

– É... O cheiro de mato é sempre agradável, principalmente quando é eucalipto.

Não demorou muito e já se ouvia o barulho das águas que caíam da cascata.

Desceram um barranco enorme, numa escada de terra, agarrando-se às árvores mais próximas.

– Veja que beleza! – exclamou Pablo, quando avistaram o lugar.

Diogo deslumbrou-se ao ver tamanha beleza.

As águas que caíam batiam nas pedras sucessivas, formando espumas brancas, causando um efeito visual de um véu de noiva.

Mais encantado o menino ficou quando viu ondinas, fadinhas da água, saindo da piscina que se formava nas rochas. Todas com túnicas, véus brancos, cabelos compridos e grinaldas cintilantes, parecendo noivinhas.

Um casal de namorados encontrava-se numa daquelas pedras, admirando a beleza do lugar e trocando olhares apaixonados.

Duas fadas se aproximaram do menino.

– Qual é o seu nome? – perguntou uma delas.

– Diogo – respondeu achando-as lindas.

– Eu sou Flávia e esta é Aline. Venha nadar com a gente!

Diogo aprovou e saltou de ponta na água límpida.

– Tome cuidado! Não deixe que o deslumbramento tome conta de você! – gritou Pablo.

Mais duas fadas aproximaram-se do menino que boiava nas águas, feliz e satisfeito.

Diogo segurou o véu de uma delas, que brincando atravessou as águas puxando-o.

Durante horas, o menino brincou com as ondinas, e Pablo ficou assistindo, parecendo um anjo guardião.

O casal de namorados continuava lá. Eles nem podiam imaginar a presença do gnomo, do menino e das fadas, pois não estavam na mesma dimensão deles. Todavia podiam ser vistos por estes.

O rapaz subiu nas pedras da cachoeira para dar um salto. Pulou lá de cima e foi até as profundezas da água. Só que se surpreendeu, ficando preso numa vala de pedras e começou a debater-se, tentando se salvar.

Uma das fadinhas que mergulhava viu o que estava acontecendo e emergiu rapidamente para buscar ajuda.

– Socorro! – gritava ela. – O rapaz está em apuros, venham me ajudar a salvá-lo!

Diogo, num ato de coragem, encheu os pulmões e, junto com as fadas, mergulhou ao fundo. Removeram diversas pedras para que o rapaz saísse, e ele conseguiu se salvar.

A namorada dele o aguardava impaciente e preocupada com a demora daquele mergulho. Quando ele chegou às margens, perto da moça, estava cansado da luta e engasgado com a água.

– Nossa mãe! – falava ainda engasgado. – Eu vi a morte na minha frente.

O rapaz levou um bom tempo para se recuperar do susto.

O gnominho voou para o ombro do menino e, junto com as fadas, fizeram uma roda de mãos dadas e felicitaram-se por terem conseguido salvar o moço, cheios de contentamento.

– Puxa! – comentou Diogo – Foi preciso muita coragem para ir ao fundo dessas águas e arrastar aquelas pedras.

– Em compensação deve ter perdido um bom peso de alma – continuou Pablo.

Diogo, imediatamente após ouvir as palavras do gnomo, botou-o no chão e deu um salto de uns cinco metros, levitando por alguns segundos.

– Iupii! Estou ficando bom nisso! – aplaudiu alegremente.

– Temos de ir – resolveu Pablo. – Já está ficando tarde.

Diogo se despediu das fadas, dando-lhes beijinhos.

– Três beijinhos para casar – pediu a fada Aline.

E todas as outras quiseram três beijinhos.

Capítulo XIV

Uma Observação Curiosa

Desceram pelo caminho das águas que caíam da cachoeira formando um riacho entre as pedras. Árvores pitorescas encobriam o caminho e lindos pássaros podiam ser vistos.

Encontraram-se com dona Pedrosa, mulher de seu Pedregulho, que vinha acompanhada de Pedrinho, filho deles. Pareciam dois paralelepípedos.

– Boa tarde, Pão doce – cumprimentou dona Pedrosa. – Tem visto meu marido Pedregulho por aí?

– Bem... – disse Pablo, coçando a cabeça. – A última vez que o vi foi ontem, lá perto da Casa da Pirâmide.

– Eta homem preguiçoso! – disse ela, lamentando-se. – Se a gente não der um empurrão nele, ele não sai do lugar. Vou procurá-lo no povoado Sobradinho e no Poço Azul. Ele adora ficar por lá. Na gruta de Sobradinho, então, nem se fala. Ele gosta de entrar na gruta e dormir, banhando-se nas águas que correm por lá.

Ela olhou para Diogo e perguntou curiosa:

– Quem é este menino que o acompanha?

– Meu amigo Diogo.

– Menino bonito! – disse ela, dando tapinhas no ombro de Diogo. – Até mais ver. Diga à sua mãe, Pão Doce, que qualquer dia irei visitá-la.

Dona Pedrosa carregou Pedrinho, que mal falava, no colo e prosseguiu.

Diogo fez uma observação curiosa:

– Já leu sobre os cristais, Pablo?

– Muito pouco, por quê?

– Esses dias, li numa revista que existem cristais machos e fêmeas. Por que será que há essa diferença?

– Não sei. Acho bom lermos mais sobre os cristais. Dizem que são muito mais do que imaginamos.

– Aliás, a natureza toda é assim.

Capítulo XV

As Preocupações de Diogo

– Pão Doce! – murmurou Diogo.

– Já está me chamando de Pão Doce também? – brincou o gnomo.

– Estou me acostumando. Aqui todos o conhecem assim.

– Há muito que tenho este apelido. Continue o que ia falar.

– Estou preocupado.

– Preocupado com o quê?

– Com o outro de mim que ficou dormindo na cama em meu quarto. Afinal, há mais de um dia que estou aqui, pois já se passou uma noite. Minha mãe deve ter ido ao quarto percebendo a minha ausência.

– Não se preocupe, Diogo. O tempo desta dimensão é diferente do outro tempo. Enquanto o outro de você dorme três horas, aqui se passam três dias. E depois, estou atento quanto ao outro de você. Posso perceber tudo o que se passa com ele pela minha intuição. Há alguns minutos ele se virou para o lado esquerdo.

– Nossa, quanta exatidão!

– Nós, os gnomos, temos a intuição muito aguçada.

– Deu pra notar. Agora, tem uma coisa que também não me tem saído da cabeça.

– E o que é?

– A lembrança daquele bruxo me vem toda hora.

– É... Para quem o vê pela primeira vez, fica realmente impressionado.

– O que ele faz, sendo o chefe dos bruxos?

– Comanda diversos outros bruxos. Manda-os para fora da caverna, porque ele próprio não consegue sair. E faz com que eles o obedeçam em tudo. Ontem, por exemplo, a ordem foi para que os outros retirassem as placas que dão acesso à cidade, mas sei de coisas muito piores que ele já fez.

– E por que ele faz isso?

– Ele é um revoltado. Porque ele não pode sair da caverna para admirar as belezas da Terra como as outras pessoas, não quer que ninguém as veja também. Ficaria completamente cego com a luz do sol. Fica fazendo pactos com os outros bruxos, prometendo-lhes mil vantagens com suas maldades.

– Tive a impressão de que ele pesa toneladas.

– E vai pesar muito mais se não parar de fazer ruindades por aí.

– Ainda bem que somos leves.

– Leves e puros de sentimentos. Mas, se você não sabe, nem todos os bruxos são ruins. Alguns deles são também bons de coração. Trabalham para o bem e desejam um mundo melhor.

Capítulo XVI

A Comunidade dos Gnomos

Já era tardinha. O pôr do sol estava acontecendo.

Pablo e Diogo saíram da trilha do riacho e foram ao encontro do bosque dos gnomos.

– À noite, iremos com meus familiares ao trabalho – disse Pablo.

– Por que seus familiares trabalham à noite?

– Porque à noite é mais seguro para os gnomos que precisam se proteger dos predadores, que são os seres humanos, principalmente.

De repente, um gnomo adulto passa voando, montado de carona numa garça, e reconhece Pablo.

– Pão doce! – chamou acenando de cima da garça. – Está sumido, que bom vê-lo novamente!

– Tio Lucas! Avise a mamãe que estou chegando e que levo um amigo para jantar!

– Deixe comigo! – respondeu tio Lucas já distante.

– Ainda bem que o tio Lucas viu a gente. Quando nós chegarmos, estarão preparados para a sua presença – emendou o gnomo.

– Eles não gostam de meninos?

– Gostam sim, mas os seres humanos, quando entram na nossa dimensão, assim como você, ficam tão encantados ao nos ver que querem se apoderar de nós. Assim como fazem com os pássaros. São capazes de nos aprisionar em gaiolas para luxo deles. Por isso nos protegemos dos humanos.

– O ser humano e seus defeitos... – lamentou o menino. – Aprisionam tudo o que é bonito, ao invés de soltar.

O pai de Pablo o aguardava ansiosamente na entrada do bosque. Foi para lá assim que o tio Lucas deu-lhe o recado. Pablo ficou muito feliz quando viu o pai dele. Saltou do ombro de Diogo e num voo foi ao encontro do senhor Frank.

– Papai! – exclamou o gnomo abraçando-o. – Que bom estar com o senhor!

– Eu também estou muito feliz em vê-lo, meu filho, e saber que está forte e com saúde. Sua mãe é que anda meio preocupada. Fala em você todos os dias.

– Já, já estarei ao lado dela.

E olhando para Diogo que se aproximava falou, chamando-o com a mão.

– Venha conhecer meu pai, Diogo!

O menino se agachou e estendeu a mão ao senhor Frank, que apertou com a mãozinha a ponta do dedo indicador do garoto.

– Que bom conhecer o amigo do meu filho! – exclamou o senhor Frank.

– O prazer de conhecer o pai do meu amigo é todo meu.

– Meu nome é Frank. Herdei esse nome do meu avô. Nasci num navio, enquanto os meus pais imigravam da Europa, atravessando os mares.

– E o meu é Diogo. Vim para cá através de um desdobramento, acompanhado por Pablo.

– Pablo é assim mesmo. Vive fazendo novos amigos. Aliás, bons amigos.

Caminharam bosque adentro e o menino ficou admirado ao ver diversos gnomos vivendo numa comunidade que parecia ser muito organizada. Todos trabalhavam e cada um cumpria na mais perfeita ordem a sua função.

Foram à casa do senhor Frank. Dona Dagmar, mãe de Pablo, os aguardava, preparando o jantar. A casa deles ficava no subsolo de um guapuruvu. Diversas famílias, moradoras vizinhas, que habitavam o subsolo de outras árvores, puderam ser observadas pelo menino, vendo-os sair e entrar pelas portas feitas bem na parte de baixo de cada tronco próximas às raízes.

O senhor Frank bateu na porta.

– Dagmar, venha ver quem está aqui! – chamou ele.

Ela enxugou as mãos em seu avental e abriu a porta.

– Meu filho! – exclamou, abrindo os braços para um abraço. – Quanta saudade!...

– Senti falta de todos, por isso estou aqui! – disse Pablo ao corresponder ao abraço carinhoso.

– Deveria vir mais vezes – completou a mãe.

– Onde está a minha irmã Natália? – disse ele olhando para dentro da casa procurando pela irmã.

– Aquela amorosa saiu, filho, para ajudar uma capivara que está para parir. Foi lá pras bandas da Cachoeira

Antares. Desse jeito vai dar uma ótima parteira quando crescer.

– Uh! Ia me esquecendo de lhe apresentar o meu amigo, mamãe. Esse é Diogo, já o conheço há um bom tempo.

– Que bom receber o amigo do meu filho em minha casa – disse ela.

– Só que infelizmente não pode entrar – completou senhor Frank. – Devido ao tamanho dele.

– Você não pode entrar, Diogo – continuou dona Dagmar. – Mas pode dar uma espiada pela janela e me chamar quando precisar de mim, não é mesmo?

Diogo agachou-se, dizendo:

– Estou louco pra dar uma olhada pra ver como são suas casas por dentro.

O menino olhou pela janela e com esforço pode ver aquela casinha muito bem arquitetada, com móveis feitos de ipê, que somente um bom marceneiro poderia tê-los feito. Viu também utensílios feitos com pedras e argila.

– Que gracinha! – comentou ele. – Parece a casa de bonecas da minha irmãzinha!

Todos riram achando graça.

Capítulo XVII

Um Jantar em Família

Dona Dagmar preparou o jantar, porém não o serviu dentro de casa por causa de Diogo. Improvisou uma mesa estendendo vários lençóis na relva. O prato do menino foi também improvisado. Ele comeu numa folha de bananeira. Sentia-se como um gigante no meio daqueles homenzinhos.

A mãe de Pablo serviu suco de laranja, creme de mandioca, salada de verduras, bolinhos de couve-flor, acompanhados com pãezinhos de farinha de coco.

Fez uma bandeja com frutas e colocou-a no centro, dizendo:

– Estas vieram trazidas lá do quintal do seu Pereira.

– Por falar em seu Pereira, mamãe, dona Laranjeira mandou lembranças e dona Pedrosa disse que lhe fará uma visita qualquer dia desses.

– Ah, sim! – completou ela, afirmando.

– Não repare por não termos carne, Diogo. É que nós somos vegetarianos – continuou a mãe de Pablo.

– Não se incomode. A sua comida está uma delícia.

Logo veio vindo a irmã de Pablo. Percebeu a presença do irmão e do visitante. Por isso, apertou os passos. Chegando perto deles, exclamou abrindo os braços:

– Meu irmão, quanto tempo, estou com saudades de você!

– Como vai essa minha irmãzinha doce e linda? – disse Pablo, abraçando-a e dando-lhe um beijo no rosto.

– Estou bem. Estava ajudando uma capivara com seus filhotes. Nasceram três bem gordinhas, e no caminho de volta ajudei uma lebre a se libertar de uma armadilha feita por caçadores.

A gnominha olhou para Diogo e ajeitando no pescoço o laço do lenço da cabeça, que ficava embaixo do chapéu, foi indagando:

– Este menino é seu amigo?

– É sim. O nome dele é Diogo.

– Como vai, Diogo, está gostando do nosso lar?

– Se estou... Nunca vi uma comunidade tão delicada! Por que Pablo tem apelido de Pão Doce?

Dona Dagmar interrompeu:

– Você já viu na vitrine de uma padaria que o pão mais bonito e mais gostoso é aquele todo açucarado?

Senhor Frank ao ouvir aquilo brincou:

– E você já viu, Diogo, coruja achar os filhotes dela feios?

Diogo riu, achando graça, e observou que senhor Frank e dona Dagmar beijaram-se. Só que o beijo deles era diferente. Beijavam-se esfregando a ponta do nariz, um do outro.

Capítulo XVIII

Os Trabalhos da Noite

A lua subiu ao céu.

Era hora de irem trabalhar. Saíram de suas casas, muitos com suas maletas na mão, cheias de remédios, para ajudar algum animal que pudesse estar com problemas de saúde.

Em grupos, espalhavam-se pelo bosque. Um grupo de gnomos foi para o lado da Cachoeira do Flávio, outro grupo foi pro lado da Cachoeira da Lua. Eles gostavam de trabalhar ouvindo o som das águas.

Diogo viu um grupo de gnomos chamando alguns patos selvagens que os ajudavam como meios de locomoção para atravessarem os riachos. Outros se utilizavam de jangadas feitas de folhas e galhos secos.

Senhor Frank providenciou um grupo. Seus participantes eram seu irmão Lucas, dona Dagmar, Natália, Pablo e Diogo.

– Vamos todos – disse ele. – Temos muito trabalho a fazer.

Não muito longe, pararam para dar assistência a um canarinho cheio de ferimentos provocados por caçadores.

Dona Dagmar daria uma ótima enfermeira. Sabia fazer ataduras e, se necessário fosse, fazia até mesmo pequenas cirurgias.

Encontraram alguns filhotes de pássaros que caíram de seus ninhos. Tio Lucas levava uma mochila nas costas, colocava os filhotes dentro dela e, com a ajuda de um cipó, subia nas árvores até alcançar o ninho, devolvendo-lhe o filhote que havia caído.

Duas raposinhas estavam perdidas e Natália, com toda a sua doçura, as conduziu às suas casas.

O senhor Frank, que era o chefe do grupo, tinha a mania de sempre coçar sua barba branca antes de falar. Ordenou que parassem um pouco para descansar.

Sentaram-se em roda e ficaram conversando um bom tempo, enquanto Pablo se sentou embaixo de um grande cogumelo, feliz, ao tocar uma linda melodia com sua flauta doce.

A lua cheia clareava o lugar e senhor Frank comentou olhando para o céu:

– Eu gosto de trabalhar quando a lua está cheia. Assim a gente não precisa nem trazer o lampião.

– A lua está realmente linda – afirmou dona Dagmar. – Dá vontade de deitar na relva e ficar olhando para ela a noite toda.

– Boa ideia! – concordou Natália, deitando-se voltada para a lua. – Experimentem vocês também para ver o quanto é gostoso.

Todos fizeram o mesmo, e por um bom tempo ficaram deitados contemplando a lua e escutando o som suave da flauta de Pablo.

O resto da noite foi cheio de atividades dedicadas à proteção das plantas e dos animais.

Quando o sol raiou, senhor Frank encerrou os afazeres e voltaram para suas casas. Diogo dormiu numa moita de capim macio, improvisada pelos gnomos.

Pablo voou à Pedra da Bruxa para ver o amanhecer do alto. Não foi incomodado por nenhuma bruxa e adormeceu em cima dela com o soprar do vento.

Capítulo XIX

O Fim do Bruxo Malvindo

No começo do dia, Diogo acordou disposto e feliz por estar vivendo tão bons momentos dentro da comunidade dos gnomos. A verdadeira comunidade da harmonia!

Fez amizade com muitos deles e principalmente com os gnomos crianças, porque achavam interessante um menino daquele tamanhão, e faziam-no deitar para subirem em cima dele, gritando para suas mamães.

– Olha, mãe! – gritou uma das crianças. – Estou andando em cima de um gigante!

A criançada achava a maior graça e levavam suas joaninhas para subirem nele também.

Durante o almoço, tudo parecia estar bem, mas o ruído de queimada estalando galhos de árvores, e em seguida o cheiro e a fumaça do outro lado do bosque dos gnomos, assustaram a todos.

Um desespero apontou no olhar deles, que se agitaram preparando-se para fugir do perigo, para algum lugar seguro.

Foi uma correria desesperada. Um bando de duendes das árvores passou em atropelos, gritando:

– Os bruxos malvados estão soltos! Estão queimando toda a mata! Fujam todos que puderem!

– Aquele bruxão! – concluiu Pablo com a mão no coração e com o coração na mão. – Está destruindo toda a beleza da nossa terra!

Chorando, Pablo deu um murro de raiva e de ódio no chão, e mais do que isso, de tristeza. E com resolução, sabia que podia fazer algo pelos seus semelhantes.

– Está na hora de chamarmos os extraterrestres! – afirmou ele.

Voou em direção à cidade, mas uma bruxa malvada, porque nem todas as bruxas são más, atirou-lhe um galho de árvore, derrubando-o no chão.

Diogo viu aquilo e correu para socorrer Pablo. Pegou-o no colo e ele dizia:

– Estou lesado e sem forças para voar.

Em prantos, com o rosto rosado coberto de lágrimas, fazia um esforço imenso para se levantar. Vendo que não conseguia, clamou:

– Leve-me em seu colo até a cidade, Diogo, por favor!

Diogo correu para a cidade. Dava longos saltos pela estrada, tentando superar a força da gravidade. Ele sabia que era necessário puxar a corda do sino, e durante aquele esforço olhou para trás e viu a fumaça negra abrangendo o céu. Pablo também viu e gemeu chorando:

– Pense nas crianças, pense nas crianças!

Diogo pensou profundamente nas crianças e seu coração se abriu como asas. E não precisou mais correr, pois voou no céu como um pássaro.

– Veja, Pão Doce, estou voando!

– Está voando! – gritou o gnominho entusiasmado, louco de vontade de puxar a corda do sino. – Vamos à torre da igreja!

Diogo pousou na grande e arqueada janela da torre. Com Pablo em suas mãos, levou-o à corda. Pablo puxou-a e o sino soou: "Blém, blém, blém!".

Imediatamente, diversos e coloridos discos voadores apontaram no céu; e para espanto do bruxo Malvindo, águas vindas do fundo da Terra, do mar que encobriu o continente da Atlântida, subiram pelos labirintos das cavernas, saindo pelas suas portas, molhando toda a mata e apagando por completo aquele fogaréu.

Os moradores da mata aplaudiram os extraterrestres, cheios de emoção.

Pablo e Diogo assistiram a tudo de cima da torre e aclamaram de contentamento.

Dizem que quando a água retornou para dentro das cavernas, levou com ela o bruxo Malvindo, e que fez um barulhão quando ele caiu no centro da Terra. Levarão séculos e séculos para que ele consiga sair de lá de tão pesado que ficou.

Os outros bruxos também ficaram presos nas cavernas e não saem mais de lá, mesmo porque agora morrem de medo dos extraterrestres.

Capítulo XX

O Encontro com São Thomé

Pablo recuperou-se, e aqueles dois meninos não saíam mais do Cruzeiro, dando saltos e longos voos, como se fossem asas-deltas.

Depois de muitos voos, voltaram para a cidade. Diogo quis conhecer a igreja construída ao lado de uma gruta. Ao entrarem na igreja, tiveram uma surpresa. Apenas um homem de túnica branca se encontrava sentado num dos bancos.

– Sente-se comigo, Diogo – disse ele, batendo a mão de leve num lugar a seu lado, indicando onde deveria se sentar.

– São Thomé! – exclamou Diogo, de boca aberta, reconhecendo-o.

Pablo não falou nada. Ficou apenas olhando.

– Venha cá, menino! Tenho uma história para lhe contar.

Diogo sentou-se ao lado de São Thomé. Pablo o acompanhou e juntos passaram a escutar o santo.

– Fiquei muito feliz com a sua presença aqui em São Thomé das Letras. Quando chegou, logo o vi, e nem me preocupei em tomar conta de você, pois percebi que sua alma é generosa e que só faria o bem à nossa cidade.

– E não se enganou – completou Pablo.

– Quer dizer que você vê tudo o que acontece nessa cidade? – perguntou o menino.

– Sim. Certa vez, entraram na igreja, pé ante pé, e levaram a estatueta que me representava. Coitados, pensam que eu não vi. Há pessoas que enxergam pouco, não usam sequer a imaginação. Mas todos nós passamos por isso. Os nossos olhos, aos poucos, evoluem naquilo que a gente vê.

– São Thomé... – continuou o menino, lembrando-se de seu sonho. – Somente alguém como o Senhor poderá me explicar: por que essa cidade se chama São Thomé das Letras? O "São Thomé", já sei que foi em sua homenagem, mas e "das Letras"?

– Dê um pulo na gruta ao lado, observe as paredes e depois volte aqui.

Diogo foi para a gruta. Pablo o acompanhou. Viram na parede inscrições em tom avermelhado, semelhantes a letras.

Quando voltaram, São Thomé continuou:

– Viu aquelas inscrições na gruta?

– Sim – respondeu o menino. – Parecem pinturas indígenas, inscrições fenícias ou egípcias.

– Por causa desses sinais, surgiram muitas histórias. Mas a verdade é que são uma mensagem dos deuses astronautas que me ajudam a proteger a cidade. Eles aprenderam esses sinais com os índios Cataguases. Quem interpreta o significado dessas letras compreende o segredo dos extraterrestres e consegue se comunicar com eles em pensamento, e pode até passear com eles em suas naves. É só aguardá-los em algum lugar do bosque e chamá-los com a força da mente, que eles virão e poderão ensinar as pessoas a voar para outras dimensões, assim como fizeram com o Pão Doce.

Diogo olhou para Pablo e logo concluiu:

– Quer dizer que você sabia de tudo e não me contou nada?

– Sabia sim, só que eu queria que a história fosse contada ao vivo, que você descobrisse tudo nesta incrível viagem!

– Vocês, gnomos... Imagine quantas letras foram necessárias, quanta coisa vimos, ouvimos e falamos para chegarmos até aqui – disse o garoto sorrindo.

– É... – continuou o gnominho. – As letras são um veículo do universo. Quem as interpreta viaja para qualquer lugar.

– E isso é certo – afirmou o santo.

Capítulo XXI

A Lembrança do Dever

Diogo e Pablo despediram-se de São Thomé.

Quando passaram pela praça da igreja, viram um senhor lendo um jornal enquanto sua filha andava de bicicleta. Diogo ficou observando aquele homem quando o dever de Ciências lhe veio à lembrança.

– Meu Deus! – disse ele. – Tenho que fazer os exercícios de Ciências amanhã cedo, senão a minha professora Cléo encherá o meu caderno de carimbos!

– Podemos ir a sua casa se quiser.

– Mas como?

– Feche os olhos e pense em seu quarto.

Diogo fechou os olhos.

– O que está vendo?

– Os peixinhos se movendo no aquário.

– Está vendo sua escrivaninha?

– Sim.

– Pois já estamos em seu quarto. Agora abra os olhos.

– Oba! Não posso esquecer do meu dever – disse Diogo pegando imediatamente em seu caderno que ficava numa pequena estante.

Pablo olhou para a cama, e Diogo acompanhando-o falou:

– O que vamos fazer com o outro de mim?

– Vamos, deite-se ao lado dele.

Diogo pôs o caderno do lado do travesseiro e deitou-se. Pablo, com suas mãozinhas mágicas, desfez o desdobramento. O menino voltou a ser um só. Só que continuou deitado num só sono.

"Amanhã ele não se lembrará de mais nada. Somente depois que perceber a folhinha do seu Nogueira em seu bolso é que voltará a se lembrar aos poucos dessa fantástica viagem. No começo, pensará que sonhou com árvores, mas a lembrança vai ser gradativa." – pensou Pablo preparando-se para voltar a São Thomé das Letras.

Antes de entrar novamente na revista de Diogo, que continuava aberta sobre a escrivaninha, disse para você que está lendo esta página:

– Atenção, gente boa! Estou fazendo uma visitinha à casa de cada um de vocês. Qualquer dia poderá ser a sua! Bye, bye!

Deu um sorriso, escondendo suas janelinhas, e foi embora depois de um tchauzinho.

MADRAS®
Editora

Para mais informações sobre a Madras Editora,
sua história no mercado editorial
e seu catálogo de títulos publicados:

Entre e cadastre-se no site:

www.madras.com.br

Para mensagens, parcerias, sugestões e dúvidas, mande-nos um e-mail:

marketing@madras.com.br

SAIBA MAIS

Saiba mais sobre nossos lançamentos,
autores e eventos seguindo-nos no facebook e twitter:

@madrased

/madraseditora